水無瀬殿恋十五首謌合　建仁二年九月十三夜

題

春恋　夏恋　秋恋　冬恋　暁恋

暮恋　羇中恋　山家恋　故郷恋　旅泊恋

関路恋　海辺恋　河辺恋　寄雨恋　寄風恋

作者

左馬頭藤原親定
前権僧正慈円
後成卿女
大蔵卿藤原有家
上総介藤原家隆
讀師

左大臣
権中納言藤原公継
女房宮内卿
左近権中将藤原定家
右近権少将藤原雅経
講師　宮内家綱臣

判者　皇太后宮大夫入道釈阿
当座付勝負追書判詞

春戀

左勝　左大臣

うらみをせにかねら海こそいはれと
なみたの袖はもしほたれつ

右　俊成卿女

たゝ色のはなのすゑに月をはらけり
まさやむつしれ　神かんなみのかゝ
右持　我神たちかけてたに
左の歌ハ右の歌ハ月やわかれ、
歌の右持ハ心みるは上まさりやしつるの
神乃御歌下句宜様にて一番ハ右勝

かやうのたくひには猶まさりて宜事にまされり
て尤殊宜侍り仍為勝

右勝　　藤原親定

月のこゝろやよしのゝ山のはつかしき夜を
よもしとてこしきとまてしはしもわかす

右　　宮内卿

はくもみなくさむやそてかのむへき
うきねのうへはうすかせのつ
右哥頭宜擬之可詠落霞飛可
庶幾の猶以右為勝侍り
右　　藤原有家
ゆふまくれにのわひよりあふくもとうのきし

こゝろもきえぬしくれてかな

右 勝 藤原雅経

人しれすそこにつくはせふまつに

みえてこそかよふ神のまさめ

右哥むねつきたる心ちなむ右勝ん

しく侍れハ以為勝侍り

あひきやまもとを送る梅の枝の
うつりかものこすかをもとめしかは

左哥はめつらしくいへるもの事
こゝろきゝ猶よろし

夏戀

左勝

観定

きそてをゝいふにたくふきぬはなきものを
わかるゝをまつねかみなき玉水

右

俊成卿女

天のとやかすみもかゝるふきこ夜はたびね
さもあらばあれやまのはの月にもかゝる人は
きのふきてもなほみしはなのにほひにいりつゝ

頗宜右云のもたへて雖無殊勝ハ
可為右歟

右　　文閑卿

すよわまへぬつあひしをまてまゐもしの
まれむしもひらやいひろろつらいき

右　　有家

右勝

あはれまたくやし月のかけ
しらくものやま山にきえ
さえまさる梅かゝにほふわかまちに
ほくくし右京權やましき梅也

右 持　　公継

しもそふくは軒ばの梅をもりくるまつの世

しからとあみかくやみん

右　雅経

きこしかはまくら山はゝこゝに

まれもみちつゝのさ恋のこゝろ

右寄秋もみちつゝのさ恋のこゝろゑる

そう宮霜の露のおきいるゝとまり

わきうた風てゝ左哥まさりにも宜根
たかべ唯して為持之

左勝　右大臣

草ふかき夏野わけゆくさをしかの
袖などにそゝくしも露ふかゝらす

右　家隆

こゑもや夜半のはらひかならん
悲しへのうさもおもひと
右寄人方申難何事やらん
顕昭が何ゝよ云擬之仍右為勝
右持　　慈圓
夏きにかゝりつゝむるをもも

かほとすれはわくる露のなか

右　　定家

郭公こゑはいつくのゆくへそ露にく

なくやさ月のあやめくさ露そ

きゝつゝとすれは時志のへ[illegible]識ゝ

しくをうゑ右之哥一[illegible]ゝ[illegible]く

暁も有明のころしつきわかれし猶や

右依各望申之由中将ニ被書宮内

秋戀

左

親宣

よしやさらぬの我身の露をおもふ

ますらをかつけし秋来れは袖の露

慈圓

右　勝

螢火は露にもまさるやかれる

神なりのすゝ風の蔭のうへ風

さみだれに山の嶺よりおこる雲の

心細くも思はれる右はたれかしる

德達は勝の字を付け給ひ

右　　　　公継

秋はてゝふかぬかせまきさわかしに

秋のおもひいふその月きゝをのそと

右勝　　　定家

さ夜しも月やいわわあはれさの

秋かせのしひのくそつゆふかき

左哥ことなれとも右哥はすくれ
よろしく根も侍れハ勝に侍る

右勝

俊成卿女

なきまくらこや井のかりね涙
露けく袖の夜中のかくしさ

右

雅經卿

さらめしや心なくしの秋の月
露のかゝるも袖ふかくはら
右 寄露のうきも袖かきに數
ゆふ枯露にぞ袖の露のあはれ直しらて 右為勝
右 右大臣
ちる袖をみこゝろは人やわすらん

なかゝむしのまつは秋のなかりける露

右　勝

右歌

ものおもふ色たえてみえぬあきのよの露こそ

わ道にわすれ秋のたもとは

さ寄なかゝむしのまつの葉に露しく

給ふ右わすれはわすれいふ遊

さ

民部卿

物おもはてたゝ大かたの露にたに
ぬるれはぬるゝ秋の袂を

右勝　家隆

おもひつゝ身はなくさめの秋の露
そのめすゝしやころもの風

左寄霞題之心もみえ候右ハ
さゝえ不あらんは其難持候

冬恋

右

右大臣

わかのみふれにしふきにかく露おもい
きくつてもいく代つれなん

右　雅経

霞はたゞやよひのかゝるかゝくに
かゝれなくて〳〵とまるこゝろも〳〵

右哥はなてとつと霞立つる
左のさわりきやうたいゆゝ持
わかりし色の霞は何程の御勝

左勝　宮内卿

おもかげに涙のすゑは夜ななく
きえてよ袖の乃く華の色代

右　有家

さほにこそふかき汀のすゝ珠
みつけてもやましもゝはるらしさ

左寄海の名すいさゝ浪よせてもみえ
このやさしき様右はゝのそやすらひて
はつらも結びならびにもかへるものもとはへるらむ
このさそへ見侍よ寄は様もしまけるらん
もそもとはつきこへてはそゆえもめね

右勝　　　親宣

うちもまたかれなん草にあらなくに
きみかゝる人の秋にこそあれ
右　忠岑
秋乃夜の露をはつゆとおきなから
いかりの涙やのへをそむらむや
此哥寛やさしく左乃右の持也

宿の深も是とし言寄句も句詞領

左勝　慈圓

堤こちらは女河の瀬に

あをひのめもつくき

右　家隆

恋もの蓬はなき立つる雪は

きしもやらぬを山もきみくゝ

左哥下句宜右哥の無指殊の外白雪ゝ

無下も無心ゝ殊宜ゝ猶すゝ右為勝

左勝

後度いつせ

かよひうる風のみそらさえかれくゝ

わかゝぬき霜雪むもとゆきこそ

左　　　　定家

床乃霜まくらのこほりきえわひぬ
むすひもをかぬ人の契に

[illegible]

暁戀

右勝　　　家隆

ほとゝきすは心のほくえ給の
嵐乃わかゝよわろあやし月

右　雅経

深山路の暁ちかきころあさ
きえゝこゑに夜のあけつゝの也
寒きに空のはて嶺嵐のかせ

わすれずよ月はけたかきしねまや

左勝　兼宗

しら露のおきてやひさまちねと

わすれそかゝるありあけの月

右　有家

又こむといひくまうわたまろのこ

きよし月くわかれをしみの空
まさるとも清輔朝臣勝ぬ為房卿
右勝　慈円
雲のかゝくゝ雅経もしはしの神無
月さくつくり哉空の月や
右　俊成卿女

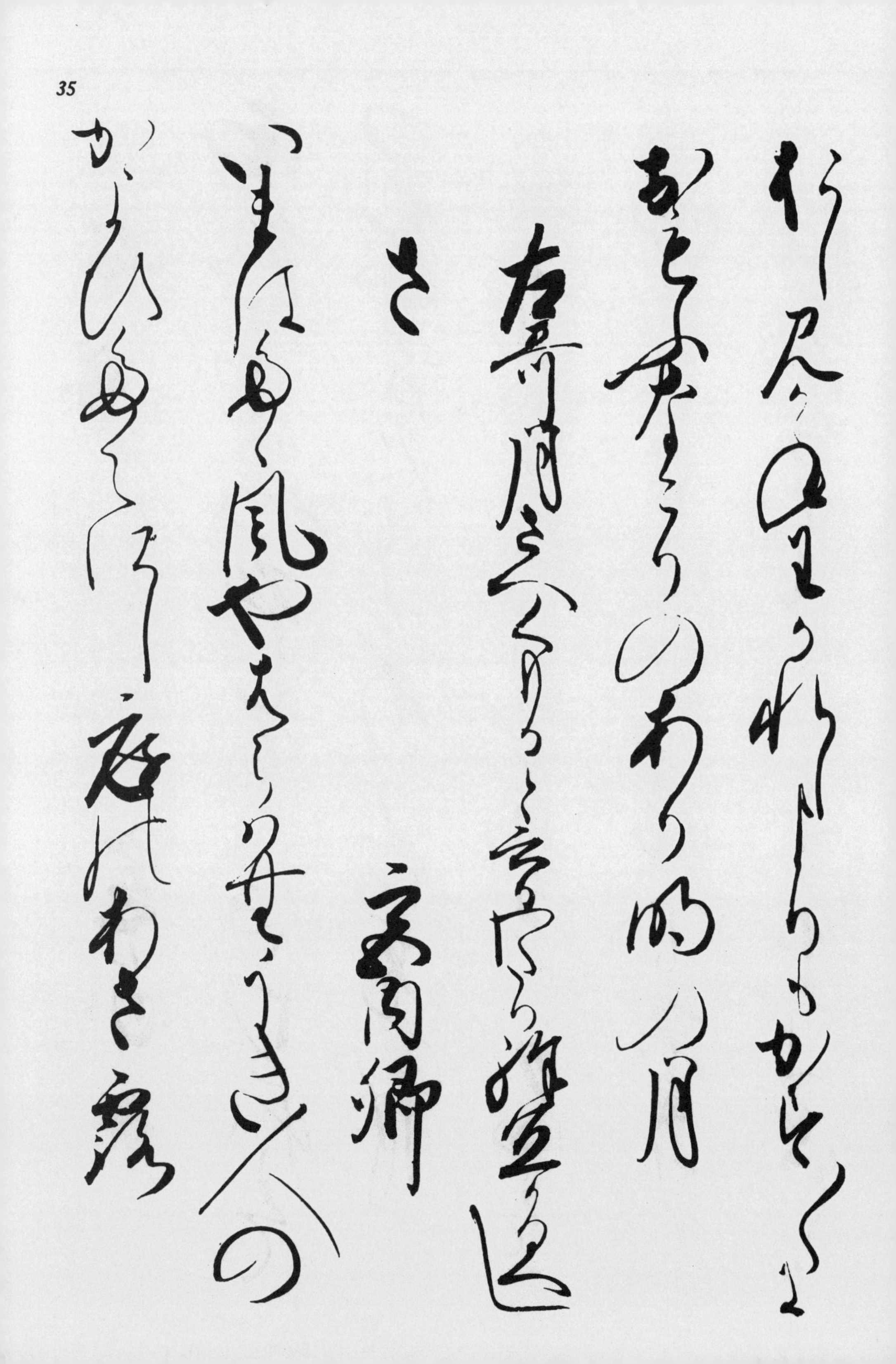

[illegible]
[illegible]のありあけの月
[illegible]
き
宮内卿
[illegible]風や[illegible]の
[illegible]露

右勝　　定家

面影もまつ夜むなしき別れにて
つれなくみゆる有明の月

左哥尤言葉[illegible]れは心[illegible]
ゆふけしきや、見え[illegible]も[illegible]せね
[illegible]右哥の[illegible]哥の心[illegible]

しくこそ思の外の為勝歟

右勝　　右大臣

さえわたる池の氷のうへにこそ玉はしかれて

る霜しもおきてそ袖しかる夜な

右　　　　顕

あら霜にとうにうもしく霜ふくの

かゝりていはれむことのよ
右哥滿座思之又といふ所侍いと
おもしろく侍り右このみたるへきことならは

暮戀

右勝　観覚

いふせもてこそ夜わまくらの袖の露ゝ

月とのミゆくつ夜ふけゆくかもかな

右　定家

あかつきのまてたにありふる雲の影ハ

まつにはや暮ゝ君かのミしらん

右の月影のうきハ緑の雲霧なら

右雲ぞ見まくしく緑ならぬかなの

事といひ覚侍らず也仍以左為勝侍り

右　　文円

ふきしくらめくかはらとのこのもちをば

まへつらはのくしまくらのこゑ

右勝　　雅経

わちきもねくらにあひふのくちきく

梢くらしとみれ夕くれの空
左右難捨右ハ深切なれハ為勝
左勝　　右大臣
あはれにもしはしなかめし入日かなに
まちいてゝみるの　とふ山の月
右　　慈圓

いかにせむ風しこほりひらくて
春ゆくかぬのうちに立田にゝ
太可浦風にこ思ふらそ霜にかと
猿さ音のうち郁こゝのとゝ山深き月をき
しらの可為勝く

右

俊成卿女

ましてむ／＼ふきま風にまくれ
涙乃露とたふ秋乃路
右勝　家隆
いはそゝくまゝれ秋乃山ふくの
くりつりそかくれんたる
左／＼みき風にたつ君くりつる

やとりかの庵し

左　　　　　　　正徹

蘋末秋風しのくつ萱や

くさしのくもりそめつ毎と

右勝　　　　　　有雅

松毎ち峯しみ偃ふ庵る家

雲ゐたゝてはなの秋風

右 寄世君羈右とのあまりに亞ゝ

羈中戀

右

定家

君かねの木の葉もしくれてひとも

たえぬひもあへ涙露にぬれまさりて

右勝　　家隆

あけやらぬ野中のうら花

松色はかはれ共秋風にふかれへし

さきにまさるを世難数勝ハ可為右歟

右　　有家

むらのやへのしらかもしもさへつかふか

きつゐしれのこきもしにらくし
右勝　　　雅経
草枕しらぬのさとめしかすかあ
あらいわ殿へかへい霞のうへひら
右方はいふかやさきこゑ言葉たくく
ひときはよせ侍り幽に侍れは猶右勝

あらわ数にくはへし

左勝　　　親王

君をりしかうやまひてまて人家

わきてゝ月とみえつゝ雨ゝて

右　　　左大臣

うつの山うつゝにゆめの月さへて

ゆめにたにみえこの人[illegible]すれ

右哥ハ心[illegible]右

哥未[illegible]にこそ[illegible]

左

勝

[illegible]

かきくもり山[illegible]

右勝　　　俊成女

ますみの鏡山ちりしく花さへ

わすれぬの花そえたうつき

吉野川やさしき桜ときの風情様哉つゝもく

左勝　　　慈円

たえぬ神代わすれぬ様ハ

かくもあらしはのやまにく
右　家隆
ちらはなをみてかへりなむよそにきみ
ゆきらさにたかきころの山ち
左歌、深為宗は鐵狼藉にてこそ
被とわら様ん、以勝為右と侍り

山家恋

左勝　俊成卿女

へこまわすれにつらき山さとの
松にふく人の秋風のこゑ

右　家隆

ますらをゝ人めハなもゝわすけり

さよふけのあらしにまよふ母

左哥やさしき様也右又心をかしくきこゆ

以ゝ宮のとおりすゝ勝負不分侍る

右

右大臣

山川のわきせにさはくなみの

わけて月日や杉にあかしける庵

右

定家

風ふけば色かはる嶺の松もうし
こゝろせよ人きくやことにもすら
たへのわすれしての詞なほさや右方
麻のさ秋あそびわか人わろて月あや
判かけりつ居ゝ勝わりて傳ゝ覚路ら

左勝　親定

思ひいれはさても都をよそにして秋の庵に
たひねのとこに松風そふく

右　有家

たかさこのをのへの嶺の庵に
かくしく雲やかゝるらん

左の末閑きもと松風のやさしく候

右方かくしくやいふなるやとそ覚え

右勝　慈圓

山ふけや嵐のをとのたえにしのさらに夜と

まれのまらかゝもわりしゝ絲つ

右　雅經

君まつやあさこしまゝに心の色
たなはたのあひまにふかきのほとは
左の歌しるしてゝ右の難そ
難可及左歌

右持

定隆

ひとり梅さく風の梅かれ西そさき

おつるかみくれはすゑもしや
者　　　　　　宮内卿
ものおもふ／へたゝ山路に
まつかひくの秋まてそくれ
さきまよふやゝのかひ見ゆる
右寿年の百首之有家朝臣の歌

下句の同しさまなれは可為持也
敦卿戀
右勝　　親宗
さはわれわれともしてえのそのつら
まらこしかひしも心うかりけり
右　　右大臣

と露まてもちらさしとて旅へつゝ
むしかゝりけれ松の世そく
きゝ毛上の衣ものつらさそいくら
難ありきこえ侍るや右のまさりやさ
しるは言ゝに猶勝い可為右歟

右 持

有家

わか人[illegible]あしたの[illegible]
[illegible]も野[illegible]秋の[illegible]
た　家隆
さゝ浪や志賀の[illegible]
[illegible]袖[illegible]
た[illegible]の袖[illegible]

さゝの葉のはのすゝく可為補し

右持　　慈圓

みむろ神ゝてれきるゝかの

ろゝ記ちきの秋かくるを

左　　俊成女

るふとりせれあすかねさえて秋くれは

いてまし／＼たえつゝかれなりの
右哥ハあらといふやわまらさ給
いらせ
左もわのうさ可侍ゝわら須
何色と稱くさたて給へり
左
右勝
酉のきゝよは志ゝ色多かれきて書よかて

歩はなりくつへ三條すゝ

左勝　文同四

紫もわらすゝろけりおもかけそ

わつらしあつらぬかきさりなぬれとも

右　わりしあつのまさりなれゝ

而て宣はわ稱もいるて左はい可反

左持　　　　　　定家

つゆきえしゆえもゝまの春乃草
くらゐなおはれぬゆるゝの袖

右　　　雅経

人あらはさはやらにつゝいふへき
よらおもへのつきえわたりけり

古今の未曽有のことは此能名海師よわとすいあき
らるかくしかし申やうかけとのへ云て百姓以給
ととも以色とて郷已凡給これはたかれ
御も存ても百姓にいは給候のありし無
給へ候へ申いはうくて　相下申

椿泊懸

右持　俊成卿女

都おもふこゝろはそてもしくかさ

ありし風の秋の月はい宿袖なりけり

右　宮内卿

つまはしそてわそてゝそてましわけいのま

井なかれは人めまれに月そかゝりける

春の女の勝負は行こそまさり八宇女布千く給

左持　　　　　正通

ちるらめや風のめくりにまかせらむく

袖のうら浪くつら秋こそ

右　　　　　定家

ほすれはい浪ちなけきのかくらめつゝ

見えらし海にはとまらに波〳〵

右哥大方ハしらく御幾まれ哥大意に若

哥もわるち可慮義さわらはすへく

持とこれもともに侍り

右勝　　親宣

あはれ〳〵とうき縁の茨にて尽せ門

さむらたりにしのころもかけ

右　有家

おもひねのゆめうちさえてよるの世河

さえしれいりくのさむき袖のうへあり

左歌は水無瀬河とよてし右歌と

殊歌をいうへつ猶以可為勝之所

右　　慈圓

あきもちかしわすれしそれ松の風

まつ嶺ちよるまつ人かよふらん

右勝　　家隆

うき花のみてはしく袖のうへに

月そかゝきるみぬるおもかけ

さるも道理なれとも猶勝ち右歌

右勝　　　　左大臣

まてしかくるのみねの磯のうら枕

もしわけの浪の瀬わたる夜はあらす

右　　　　雅経

かくしきれぬ袖もしきしのなみたまくら

ひとりねしおもひしおもひあれ
たかきてもしわきわらす
たゝのちやさしきゝほさとなり

関路恋

右　勝　　　　慈圓

あつまちやひとりとひゆめ日もすからく

みせんわつわこわつらしやそ
君
返
つこたえかくそわすれ開もて
こつへ述そのうえにそへはつ
きみ妥君羅り君やまかね
上石頭にて法師之天人つり

き　家隆

ますらをかやそけしき人ゝ
まれなりにけり流の月かけ

右勝　雅経

人への面影とめてきゝしゆく
袖にせきけりつゝ涙のかゝみから

左哥は深切也然又右哥もよし猶為勝給ふ

右勝　俊成卿母

わきかねつけふしらさきもわすれねとおもひねさめのきえしう

右　家隆卿

たえてしもつらくやかたきちきりゝ

ちきくうらめしわかさかれせき
右のしらまの右のむしろ
一古寺をおもへらまや勝から
右勝　　さ大臣
我ひやこの世は世をすてゝ河
すろく神のしかくい三月まつ一

右　　　　有家

堂えせきれしとゝいは清なく
みをや袖のたもとは月かけ
右の句ちへく猶さこのせ
とりてすゝ川猶勝為候へし為勝

左勝　　親定

恋をのみすまけれ塩屋のいそ涙

まして袖こそ浪はまさりけれ

右　定家

ちるのうらや浪にもかけてへく

せきりてこゆか風そうのつき

きかもとも左右羅勝右左いかなる

海邊戀

右　　　　　　　俊成卿女

数とや我身にしつまゝまや

此まゝの浪のうへにいろく

左勝　　　　　　有家

杉まやこひをわすれわれわも

ねれてもおもいかきわすれぬは

さ哥涼世君雖猶勝ハ右歌

左勝　　　観空

いふ毎にあはれわかれのよすかみ貝

ひかりをみつきにこしつまちそて

右　　　定円以て

あきみく侍従のかはゝりなん
そのおもかけに袖いろかはらす
右哥ことゝてことなる心極ら
さらのしんし勝ゆへし

右勝　　さ大臣

うちわすれ色をますむせちいよゝふかく

ものゝあはれしらんかけつゝ

右　雅経

ちらさらとさえてやいのちの色も松

まつよの涙いちるわる

右何もやさしいとして持

又

左もしや

左持　慈圓

ちろわきしをはあわのなれく

のきのへきみへのあひせをちや

右　定家

やられものふきてまのわまの神わく

又たふるちはへいりかくき

左右の歌勝ハ以て勝とし侍の為奇
さ　　　　　　　左俊
いそのかみふりにし世のえたゝゝハまつ神代
いくひとへぬらんまそらのき
右勝　　　　　　家隆
りはさはれしらはまもうらしきせかけなくた

こともまことすゝのあらし風
さすへくひそへん古今の詞なれとも
猶勝ゝにこそまことにか覚侍也
河邊戀
右　勝　　　　左大臣
ふつせ川井てこす浪の岩枕わくに

せのみくさけて／／うちひきて

右　　定家

あら河さかりハつらしつら

神乃ためしれせをものしれ本

右哥井ゝこそすゑと岩こにすむ[illegible]

共に[illegible]　右哥の[illegible]

左勝　　親定

わくめにさても山川のせにかよく
たまもかりくそかゝりくあるの

右　　俊成の女

なかれてはちきりしよばかりの一尺をせの
うけたえしみしゆくえしれはてつゝ見ん

左哥はさて山川のせにおもしろくきこゆいと
しくかゝる右哥もよろしかり
きゝ覚えしむねと左は難及や
右勝　　　　宮内卿
あすか川鞍せきのむかしにて
かたはら石のゝやせたるにをしん

右　　　　　　雅經

ちはくまへのみた川はぬるゝ神

はさゝやへのおもうけし人も

右哥思かさなりて左雖甘君

事ますくさぬめかやかし

右勝　　　　　正徹

共よりもとつ勇ハすゑまつ乃みたらし川
神さへうけわたりひさしくもは
右　一　家隆
ちとせふるみたらし川の瀬には茅原風さえて
わすれてそつゆわかれなき秋の風
右方申ふるくハすゝむや左方申く

しき植けむと右いかゝ聞ゆらし

右勝　慈圓

ともすれは花さくやなほ川にしよ
けふのまきのかは花ほつらん

右　有家

さゝ天川せゝ入しらぬ瀬やきこえん

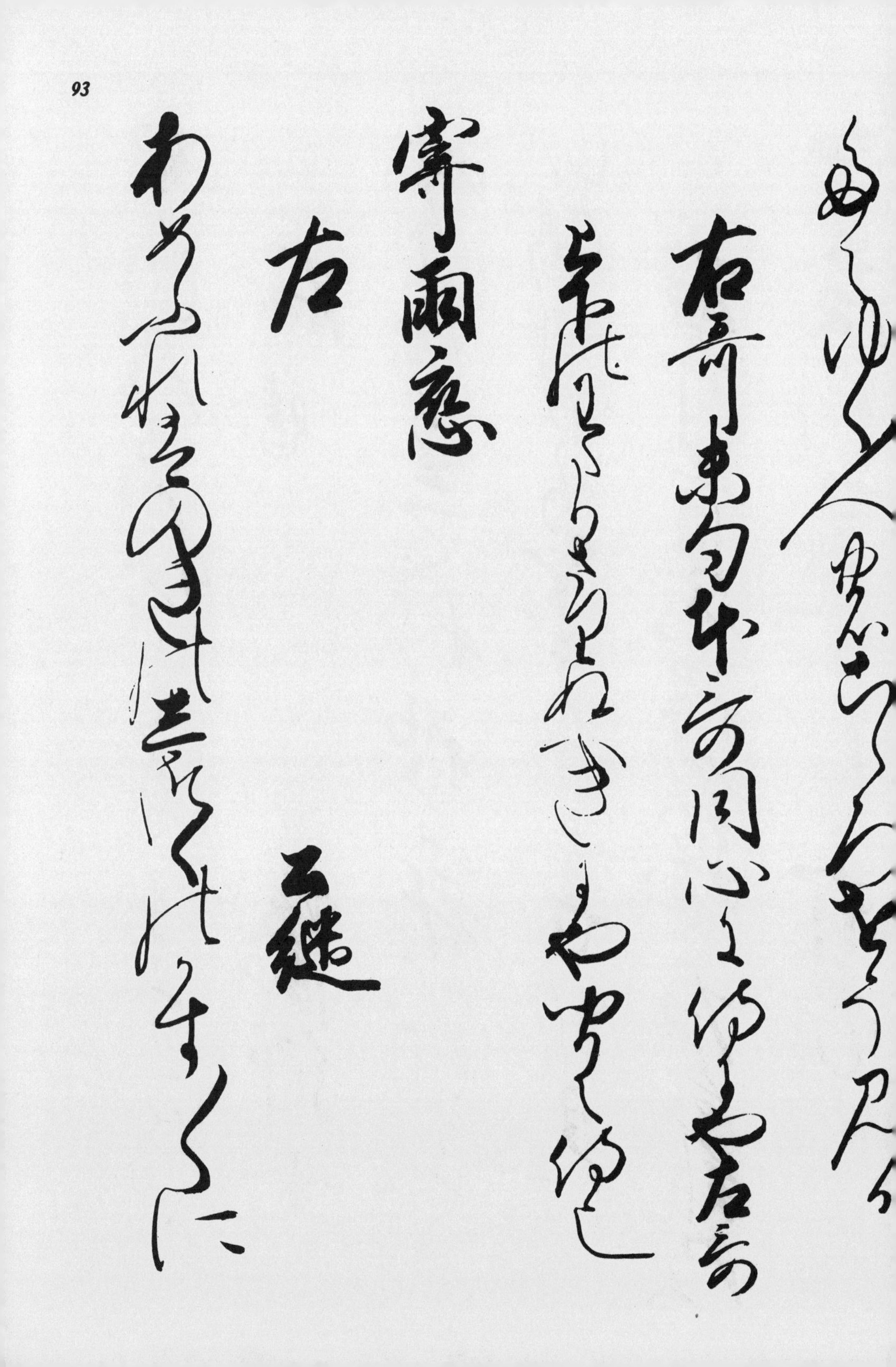

ぬゆく [illegible]

右哥末句与同心之間右 [illegible]

[illegible]

寄雨恋

右　　　正継

わかれ [illegible]

おもひ見てねてよるのまくらのうき

右勝　俊成卿女

ふりみしのまてれは袖も秋わけく

いひしわりをまへつこせしまに

右哥首尾相揃左の難度

右　有家

あれわたる庭もみえても梅かまに
雪のねとこに氷雨さへふる

右勝、　定家

ゆくさきは霞といふい波の風
さはかしとせしさめけ　定

右哥まさる事侍るや右は作りものの

なつ日かげあつくなりてはなれ家に

　　　　　　　　　　　雪君をえだにをかまへてきゝや

　　　　　右勝　　　　　　　　　　　　　親宮

　　　たどるまうるさけ雲をるしけれも

志　　いつれ山の西の火をれ　　雅信

右　　　　有家

うちなびく草葉にかゝる露の命も
なる人ハ/\かれぬ袖ゆく秋風

右哥草葉にかゝる露の末も宜叡宮
左は心詞猶艶にして左勝也

左　　　　正継

ひらのゝ梅のかほるの山風に
ふひといへてゝすゝきたるらん
右勝　家隆
いつにせん男山かさしのしたもとて
新れ松に秋風そふく
君か壽を萬蓮に壽も男いかすゝ

秋風の吹くにしも色はに見えつゝと
露ならすそてにしほるゝやまのあれゝも
左ハそての夜絶えき
左勝　　親宗
ゆふされはのにひうつるる里のまく
きゝわかまし松の風

右

慈圓

いふきもてうくさしやこてしもふ庵さ
たにの松の色れ嶺の嵐吹おり
さすかにさ宿の松風右かたも
やまさと松こゑもいそのかみ

右

左大臣

萩原やしをにきこそ秋の風
をめおりふくれのまよかなしかくつゝ
右勝　俊成卿女
まくらより露そこほれて下萩の
もよほす風のおとにつけても
右哥やさしき姿かくいふへき　右

哥よはくて可度也之猶勝く

右　定家

きやくの袖はしられぬ露おきて（おち）く

おもしもいろれ秋風そ吹

右勝　雅經

いつまてか露こそ露わかすはさよみてく

雨[illegible]と[illegible]梅[illegible]東風の[illegible]
[illegible]色[illegible]松[illegible]
松風[illegible]勝
[illegible]宗徧